Lili a peur des contrôles

Avec la collaboration
de Renaud de Saint Mars

Merci à Florence Le Lous,
psychologue, pour ses conseils.

Collection dirigée par Dominique de Saint Mars

Imprimé en CEE
ISBN : 2-88445-530-2

Ainsi va la vie

Lili a peur des contrôles

Dominique de Saint Mars

Serge Bloch

CALLIGRAM

CHRISTIAN GALLIMARD

C'est dégoûtant ce contrôle surprise. On n'a pas pu réviser. En plus, on ne comprenait rien aux consignes !
Et préparez bien les prochains contrôles ! Il y en a au moins cinq ici qui risquent de redoubler...
AB CDE
THOMAS
LiLi

Et moi, j'en connais au moins une des cinq !
C'est à toi que tu penses ?
LiLi

Tu lui as bien cloué le bec à cette peste de Valentine ! Bravo Lili !
Je préfèrerais être première en dictée... Mais si la maîtresse avait compté tous mes mots justes, j'aurais 32 comme note !

Et elle t'a compté plusieurs fois la même faute, comme à moi !
On dirait qu'elle veut m'écrabouiller avec ses sales notes ! De toute façon, je suis nulle en français !

Et dire qu'on a encore des contrôles lundi et mardi ! Moi, qui avais envie d'un week-end cool !
Oui, mais là, on est prévenues.
Vous ne voulez pas qu'on révise ensemble, on paniquerait moins ?
MANEL
Tu parles, Clara, à chaque fois, on discute !
Oui, Zoé, mais si on est trop stressées, on n'arrive pas non plus à travailler...
Et les parents deviennent aussi stressés et ils nous embêtent : « T'AS DU TRAVAIL... ? MONTRE TON CAHIER... ? TU PERDS TON TEMPS... ! » Quelle vie !
LILI

Il y a quelque chose dans cette chambre qui m'empêche de me concentrer.
Ah, comme ça, j'aime mieux… ça fait intellectuel !
AH NON, POMPON ! C'est pas la nuit, c'est une ambiance de travail, ici ! Allez, va-t-en !

15 x 39
123
453
21

Ouh là là ! C'est sérieux, ici ! Tu veux que je te fasse réciter ?
Tu parles ! Tu ne comprendrais même pas. Laisse-moi tranquille, Max !

Allez, Lili, libère ton génie, respire lentement, pense à un truc agréable ... et puis pense à ton contrôle... il est FACIIILE... !!!
Ça fait du bien, mais... j'ai pas le temps !

Trois minutes de musique et je m'y remets...
DELOYE ON THE SEA
Zut, je n'y arrive plus, tu m'as déconcentrée. C'EST MALIN !

Je vais chez Clara, on ne me laisse pas travailler, ici !
Toujours la faute des autres... Moi qui voulais être gentil, tant pis pour toi !
Tu ne préfères pas que je t'aide ?
Clara est partie chez le dentiste...
Pourquoi ne lui as-tu pas téléphoné avant ? Quelle perte de temps !
Si tu crois que ça m'amuse !
Delye 2000

C'est terrible de la voir aussi stressée par l'école.
Elle travaille, elle devrait quand même réussir...
Mais pourquoi vous voulez toujours que je réussisse ?
Tu sais, tous les parents rêvent que leurs enfants soient mieux qu'eux, plus heureux, avec un meilleur travail et plus de sous !
TOUT ÇA ? Ça me stresse encore plus ! Je n'y arriverai jamais !

Il faut que je nourrisse mon cerveau... j'ai besoin de mémoire, avec tout ce que je dois apprendre.
Dis, papa, tu pourrais me faire réciter dans cinq minutes ? Je crois que je suis prête !
Euh... plutôt dix minutes, tu ne crois pas ?
Tu vois, tu ne me fais pas confiance... !

Mais je te jure, je l'ai relu dix fois, je le savais par cœur, C'EST PAS POSSIBLE !
Tu confonds voir et savoir. Essaie encore, je te mets sur la piste... si je te dis : des choux, des hiboux...

Non, je n'y arriverai jamais... C'EST PAS JUSTE !

C'EST POURTANT SIMPLE À COMPRENDRE !
À comprendre, peut-être, mais à retenir... !

Je ne peux pas le faire à ta place, Lili... Allez, débrouille-toi !
Bon, je vais appeler Clara et Zoé...
ROCK
CHRISTOBAL FUNKETTE

Allo, Clara... quoi ? Tu as déjà fini ? Tu as tout compris ? Oui ? Et tu sais tout !
Tu n'as pas envie de m'aider ? NON ? Bon, t'es vraiment pas une copine... !

Allo, Zoé... quoi... tu n'as pas commencé ? Mais tu ne vas jamais y arriver ! Oui, c'est ARCHI-DUR... tu vas avoir une sale note... ! Moi ? euh oui, facile... Je ne voudrais pas être à ta place... !

Tu ne serais pas mieux dans ta chambre pour travailler ?
Tu veux te débarrasser de moi ! Ça te stresse de me voir stresser ? Il n'y a que mes notes qui comptent !
Mais non, ma Lili, je suis avec toi et je t'aime, même si tu rates ton contrôle... mais il faut s'organiser !
Et moi, je dois me débrouiller seule et sauver l'honneur de la famille... tout ça parce que Max est moyen en classe !
MOYEN, MOI ? Génie méconnu, plutôt !

20/20
19/20
0/20

Qu'est-ce qu'il y a, Lili ?
Je peux venir dans votre lit ? Je n'arrive pas à dormir.

Je... SNIF... je n'ai jamais le temps... tout ce que j'apprends s'en va... la maîtresse fait exprès... SNIF...
Mais non, la maîtresse demande des efforts pour vous faire progresser... On doit TOUS progresser !
Allez, n'y pense plus, essaie de dormir, ma puce !

LES PROFS DEVRAIENT QUAND MÊME SE RENDRE COMPTE DE L'ANGOISSE DES ENFANTS !!!
ZZZ...

ET LE LUNDI...
J'ai mal au ventre... Je suis peut-être malade !
Allez, détends-toi, ça va marcher !
Facile à dire !
Les verbes du premier groupe, au futur et à l'imparfait...
LiLi

MEG

Où tu vas, Lili ?
Je ne sais pas, j'ai tout raté, je vais... à la bibliothèque. Là, au moins, il n'y a pas de notes !

Christine, je suis triste... je viens chercher un livre pour aller bien.
Assieds-toi là, Lili et raconte-moi ça...

* *Voir le livre « Lili protège la nature ».*

Pour mes parents, je suis une machine à notes. C'est jamais assez bien. Et j'ai peur de les décevoir...
Ne t'en fais pas, ma lili ! Ils te poussent pour t'aider à te dépasser... ils pensent que tu es capable. L'école demande beaucoup et ils sont déjà peut-être un peu stressés par leur vie en ce moment... Mais toi, essaie de faire face...

... car si tu cherches des excuses, ça te soulage sur le moment, mais après ça augmente ton stress...
Oui, et c'est plus dur de s'y remettre !

Et n'aie pas peur de ce qu'on va penser de toi ! Tu travailles pour toi. Commence par être gentille avec toi-même ! Ne te demande pas des choses impossibles.
Ce contrôle, je m'en fais une montagne… impossible à escalader…

Le truc, c'est de bien le préparer, en faisant ce que tu peux, en te fixant des petites collines à grimper, et tu monteras de plus en plus haut... mais ne sois pas trop pressée !
Merci d'être restée avec moi. Mais là, c'est vous qui êtes pressée...

Je vais te dire un petit secret : ta maîtresse aussi est triste, elle vient de perdre son petit chien.
Oh, la pauvre... et le pauvre... Et si je lui écrivais une petite lettre ?

* Bonne orthographe : *rentrez, *gentils, *parler, *on, *aime.

LiLi
Quoi ? Tu étais encore à la bibliothèque ? On te cherchait partout. Tu avais l'air si triste.
Mais je le suis moins. Je suis en train de comprendre ma maladie des contrôles !
Tu crois que ça se guérit ?

Dites-moi franchement, vous me trouvez plus bête que Valentine ?
Laisse tomber Valentine !
Oui, à force de me comparer, j'ai tellement peur de rater et d'avoir l'air bête que ça me paralyse et je deviens bête !
Il paraît même que j'ai une vraie personnalité avec une vraie valeur et que je communique bien !
Mais qui t'a dit tout ça ?
La bibliothécaire ! Elle m'a redonné confiance en moi en cinq minutes...

Tu crois que je pourrais aller la voir, moi aussi ?
Et moi ?
Euh... je crois qu'elle ne s'intéresse qu'aux cas graves ! Bisous, à demain !
LiLi

Tu rentres tard... Ton contrôle s'est bien passé ?

Pas du tout, mais j'ai eu une discussion qui m'a appris plein de choses sur moi-même. Je vous explique...

Je suis très content pour toi, Lili ! Mais c'est exactement ce que je me tue à te répéter !
Paul, arrête de vouloir avoir le dernier mot...
Peut-être que je ne t'avais pas bien compris, papounet !
Moi aussi, un câlin !

ET LE LENDEMAIN, À L'ÉCOLE...
T'as l'air d'un calme ! C'est la nouvelle méthode ?
Oui, reste à savoir si ça marche.
Avant de commencer, je veux remercier l'une d'entre vous, qui a appris, je ne sais comment, que mon petit chien Caramel était mort. C'est la lettre la mieux écrite, la plus sensible, la plus charmante que j'aie jamais reçue...

Merci beaucoup et laisse-moi t'embrasser, Lili !

Ben, finalement, t'es bonne en français !
C'est pas elle qui l'a écrite !

Vous avez TRENTE MINUTES pour le contrôle de maths !
Je respire lentement… et à nous deux, petite colline !
Facile, non ?
Très facile, pour une fois.
Valentine, tu veux que je t'aide à tricher ?

T'as l'air contente... Pourtant t'as eu qu'un 8 !
Ben, c'est mieux que 3 !

Et, là, je sais pourquoi je me suis trompée ! Mais attendez... la prochaine fois, je ne me tromperai peut-être pas !
Ouh là là... et si elle finissait par me dépasser, avec sa méthode !

Et toi...

Est-ce qu'il t'est arrivé la même histoire qu'à Lili ?

Tu repenses à ce que tu as raté ? As-tu peur d'avoir l'air bête ? des moqueries ? T'endors-tu mal ? As-tu mal au ventre ?

Sens-tu le stress et les attentes de tes parents ? Voudrais-tu leur faire plaisir, ne pas les décevoir ? Peux-tu leur dire ?

On te compare à un frère ou une sœur qui réussit mieux ? Tu penses qu'on ne fait attention qu'à tes mauvaises notes ?

Tu trouves ça trop dur ? As-tu peur de ta maîtresse ? de ses critiques ? de ne pas finir ? As-tu envie de tricher ?

Trouves-tu des excuses pour éviter de travailler ? Penses-tu que, si tu rates, tu rateras toute ton année, toute ta vie ?

Si tu es trop ému, vois-tu un psychologue ou un sophrologue pour avoir confiance en toi et apprendre à te relaxer ?

Tu sais que tu vas rater et tu es tellement habitué que tu t'en fiches ? Tu te dis que c'est de la faute des autres ?

Tu te sens prêt car tu as assez préparé avant ? Tu ne te laisses pas déconcentrer en regardant trop les écrans ?

Tu travailles assez régulièrement ? Tu te dis que ce n'est pas trop grave d'en rater un, que tu te rattraperas après ?

Tu dis à la maîtresse si tu n'as pas compris ? Elle remarque tes progrès ? Elle a des idées pour travailler en s'amusant ?

Tes parents t'aident à organiser ton travail par petites étapes et t'encouragent après ? Ça t'aide si on te félicite ?

Tu décides du temps qu'il te faut pour réviser ? Tu sais qu'après tu vas jouer, que tu en as besoin pour te détendre ?

Les petits trucs de Max et Lili

Avant le contrôle :

- Demande à tes parents de t'aider sans s'énerver et de t'encourager après chaque étape !
- En classe, dis-le si tu n'as pas compris ! Tu as le droit, c'est le métier de la maîtresse d'expliquer. Et ça aidera ceux qui n'osent pas...
- Donne-toi 5 minutes pour apprendre d'abord une petite partie de leçon, puis une petite récré, puis recommence...
- Découpe les montagnes en petites collines ! C'est l'addition des petits efforts qui est utile !
- Imagine les questions qui peuvent être demandées au contrôle et essaie d'y répondre.
- Comprends les mots que tu apprends... avec le dico, et fais des exercices pour te rendre compte si tu sais.
- Apprends ta leçon 3 jours avant le contrôle, révise la veille.
- Au contrôle, respire lentement pour te relaxer et lis bien les consignes sans te précipiter pour être sûr de ce qu'on te demande.
- Commence par faire ce que tu sais faire, pour ne pas perdre de temps.

Après le contrôle :

- Repère ce que tu as appris. Félicite-toi de tes progrès, même s'ils sont petits !
- Les notes sont faites pour évaluer le travail à un moment donné et pas pour stresser !
- On peut parfois avoir des mauvaises notes, ça ne veut pas dire qu'on est nul !
- Ne crois pas que les autres sont « toujours » meilleurs que toi ! « Toujours » et « Jamais » sont des pièges à stress...
- N'oublie pas de t'amuser... pour ne pas être une machine à notes !